Wahre Geschichten

Das Buch

Postkartentexte, Hotelnachtgedanken, Betrachtungen zum Winteranfang oder zum Sonnenuntergang: Margaret Atwoods Gedichte sind – wie ihre Romane – stark auf den weiblichen Alltag und das weibliche Erleben bezogen. So macht sie sich mit dem Gefühl der Fremdheit im Herzen auf die Suche nach Vertrautem und gestaltet in ihrer Lyrik mit tiefem Ernst und ebenso zart wie eindringlich das Erleben jenes Gefühls aus, welches ihr lebenswichtig ist: die Liebe. Einmal mehr zeigt sich Margaret Atwoods große Meisterschaft, wenn sie mit sparsamen Mitteln und großer Direktheit sprachliche Kleinode über das Leben entwirft.

Die Autorin

Margaret Atwood, 1939 in Ottawa geboren, studierte Literatur in Toronto und Harvard und lehrte an mehreren Universitäten. Ihr umfangreiches Werk wurde in mehr als 30 Sprachen übersetzt. Margaret Atwood erhielt zahlreiche internationale Preise, u. a. den Booker Prize. Sie lebt mit ihrer Familie in Toronto.

Von Margaret Atwood sind in unserem Hause bereits erschienen:

Die Giftmischer
Lady Orakel
Der lange Traum
Der Report der Magd
Verletzungen

Margaret Atwood

Wahre Geschichten

Gedichte

Aus dem Englischen von Astrid Arz,
Sarah Haffner, Katrine von Hutten,
Barbara Maria Kloos, Gesine Strempel

List Taschenbuch

Besuchen Sie uns im Internet:
www.list-taschenbuch.de

Mix
Produktgruppe aus vorbildlich bewirtschafteten Wäldern und anderen kontrollierten Herkünften
www.fsc.org Zert.-Nr. GFA-COC-1223
© 1996 Forest Stewardship Council

Dieses Taschenbuch wurde auf FSC-zertifiziertem Papier gedruckt. FSC (Forest Stewardship Council) ist eine nichtstaatliche, gemeinnützige Organisation, die sich für eine ökologische und sozialverantwortliche Nutzung der Wälder unserer Erde einsetzt.

Ungekürzte Ausgabe im List Taschenbuch
List ist ein Verlag der Ullstein Buchverlage GmbH, Berlin.
1. Auflage Februar 2008

Titel der Originalausgabe: *True Stories* (Jonathan Cape, London)
Umschlaggestaltung und Konzeption: RME Roland Eschlbeck und Kornelia Rumberg
Titelabbildung: Frank Rothe / buchcover.com
Papier: Munkenprint von Arctic Paper Munkedals AB, Schweden
Druck und Bindearbeiten: Clausen & Bosse, Leck
Printed in Germany
ISBN 978-3-548-60667-5

Geschichten und Romanzen

Wahre Geschichten

i

Frag nicht nach der wahren Geschichte;
warum willst du sie wissen?

Sie ist nicht der Grund, warum ich aufbreche,
nicht das, was ich mitnehme.

Was ich zum Segeln brauche:
ein Messer, ein blaues Feuer.

Glück, ein paar gute Worte,
die noch funktionieren, und die Gezeiten.

ii

Die wahre Geschichte ging verloren
auf dem Weg hinunter zum Strand, so ist's mir

noch nie ergangen, dies schwarze Gewirr
von Zweigen in einem wandernden Licht,

meine zerlaufenen Fußstapfen,
die sich mit Salzwasser

füllen, diese Handvoll
winziger Knochen, dies Eulengewölle;

ein Mond, zerknülltes Papier, eine Münze,
der Abglanz von einem Picknick,

die Kuhlen, von Liebenden
im Sand hinterlassen, vor hundert

Jahren: kein Schlüssel.

iii

Die wahre Geschichte liegt
zwischen den anderen Geschichten,

ein Wirrwarr von Farben, ein Durcheinander
abgestreifter oder weggeworfener Kleidung,

wie Herzen auf Marmor, wie Silben, wie
Metzgerabfälle.

Die wahre Geschichte ist böse
und vielfältig und am Ende

unwahr. Warum willst du sie
wissen? Frag nie

nach der wahren Geschichte.

Landkrabbe I

Eine Lüge, daß wir aus dem Wasser kommen.
In Wahrheit haben uns Steine
geboren, Drachen, die Zähne des
Meeres, wie du es bezeugst
mit deinem Panzer, deinen gezackten Scheren.

Einsiedler, harte Höhle
für ein scheues Auge,
mit zarten Weichteilen, seitwärts
fliehend, ein blauer Schädel,
runder Knochen, auf Beutezug.
Wolf der Baumwurzeln und Kiesgruben,
ein Maul auf Stelzen,
die Hülse eines kleinen Dämons.

Angriff, gieriges
Fressen, und Flucht:
eine kluge Methode,
um eben am Leben zu bleiben.

Dann die Gezeiten und der Tanz,
dein Tanz für den Mond,
auf feuchtem Sand, die Scheren erhoben,
um dein Weibchen abzuwehren,
deine Paarung ein schnelles
Geschepper von Steinen.
Für Säugetiere
mit ihren Lappen und Knoten,
Zweifeln und warmer Milch
fühlst du nichts als Verachtung.

Das bist du, eine erstarrte Fratze,
vom Lichtstrahl getroffen
und schon verschwunden: ein Stück von dem,
was wir sind, nicht alles,
mein verkümmertes Kind,
mein flüchtiges Spiegelbild,
mein kleiner Alptraum.

Landkrabbe II

Das Meer saugt an seinen eigenen Rändern,
sinkt und steigt mit dem Mond.
Zerfetzte braune Wedel
(zerrissene Nylonstrümpfe,
Federn, die Überreste von Händen)
spülen an meine Haut.

Aber die Krabbe ist auf einen
Baum geklettert und klammert sich
an die Rinde mit ihren geschickten
Krallen; sie richtet mit einem Ruck
ihre Stielaugen auf mich,

einen Fleischschatten,
Nahrung oder ein Räuber.
Ich rieche ihren weichen
Körper, den leisen Geruch
von faulendem Salz,
so wie sie meinen riecht,
mit ihren Marsfühlern tastend:

Seewasser in Leder.
Ich bin eine Kategorie, ein Hauptwort
in einer außermenschlichen Sprache,
infrarot im Mondlicht,
eine Flutwelle in der Luft.

Alter Fingernagel, alte Mutter,
ich bin streitlustig
heute abend, obwohl dich das nicht kümmert,

du bist niemandes Metapher,
du hast deine eigenen Wege
und Rituale, zerfranste Schnecken
und durchweichte Nüsse, vollgesogene Säcke,
in denen du herumsuchst, nasse Abfälle und Krusten.

Noch ein Garten

Im Garten wuchern wächserner Jasmin
& Hibiskus, der Blütenkelch
ein einziges dickes Blatt, ein klebriger Mund;
die holzigen Stengel schwellen deutlich sichtbar zu Früchten an,
fallen ab und werden aufgelesen & ausgesaugt;
Sex wächst an Bäumen – ich habe es dir gesagt.

Zuckervogel, ein Quietschen,
Fingernagel auf der Schiefertafel,
am Mittag vorhersehbar,

und in der Abenddämmerung
leicht modriger Kissengeruch,
Wassertropfen aus geheimen
grünen Kehlen, ihre klaren Töne.

Barfuß und weiß
wie ein Fischbauch, gehe ich zuckend
über Stoppeln & um
Schafdreck herum, die Wäsche aufzuhängen.

Die Wände reißen & treiben
Ameisen & leichtfüßige
Eidechsen, Farbe
blättert von der Decke, das Meer ist jeden Morgen
so blau, wie es immer war.
In der salzigen Luft, heiß wie Tränen
splittern die Dinge, die Menschen machten, & rosten
wie immer, nur schneller.

Ich sollte meine goldene Uhr
in den Ozean werfen und zeitlos
werden. Hier wäre es besser,
ein Kürbis zu sein und mehr
Kürbisse zu machen, als ein Bauch,
der sich fortpflanzt. Sag deiner
blassen Ikone Lebewohl, ertränke Erinnerung
und Hoffnung. Tanz mit beim runden
Ringelreihen. Scheiß auf die Zukunft.

Postkarte

Ich denke an dich. Was soll ich sonst sagen?
Die Palmen auf der Rückseite
sind eine Täuschung; wie der rosa Sand.
In Wirklichkeit gibt's hier die üblichen
zerbrochenen Colaflaschen und den Geruch
stehender Abwässer, zu süß,
wie eine Mango am Rande
der Verwesung, die es hier auch gibt.
Luft aus klarem Schweiß, Moskitos
& ihre Spuren; Vögel, blau & flüchtig.

Hier kommt die Zeit in Wellen, eine Krankheit, ein
Tag nach dem andern rauscht vorbei;
ich rapple mich hoch, angeblich
wach, dann in die unruhigen Nächte
hinab, aber nie
voran. Die Hähne krähen
stundenlang vor Sonnenaufgang, und ein gestoßenes
Kind heult & heult
auf dem buckligen Weg zur Schule.
Im Laderaum beim Gepäck
sind zwei Gefangene,

die Schädel mit Bajonetten glattrasiert, & zehn Kisten
mit ekligen Küken. Jedes Frühjahr
findet ein Krüppelrennen statt, vom Laden
zur Kirche. Diese Sorte Plunder
schlepp ich mit mir herum; und einen Artikel
aus der Lokalzeitung, über Demokratie.
Draußen vorm Fenster
wird das verdammte Hotel gebaut,
Nagel für Nagel, der bröckelnde Traum
von irgendwem. Ein Universum, das dich einschließt
kann nicht ganz schlecht sein, aber
schließt es dich ein? Aus dieser Ferne
bist du eine Luftspiegelung, ein Hochglanzbild,
so festgehalten,
wie ich dich letztes Mal sah.
Ich dreh dich um, da ist der Platz
für die Adresse. Wünschte, du wärst
hier. Die Liebe kommt
in Wellen wie das Meer, eine fortschreitende
Krankheit, eine leere Höhle
im Kopf, die sich füllt & dröhnt, ein getretenes Ohr.

Tiefe Nacht

Tiefe Nacht und Regen weckt mich, ein Wolkenbruch,
Wind peitscht die Blätter, riesige
Ohren, riesige Federn,
wie ein gehetztes Tier, ein gigantischer
Hund oder ein wilder Eber. Donner & bebende
Fensterflügel; vom Blechdach
strömt das Wasser.

Ich liege gekrümmt unterm Netz,
verwickelt in feuchtes Tuch, Salz im Haar.
Wenn das Wetter abzieht, kommen Glühwürmchen
& Sterne, hell wie nirgendwo,
die ich betrachten kann, wenn ich
Angst habe. Lichtjahre, denke daran.

Vergiß die Dichtung, ich will dich,
deinen Geschmack, den Regen
auf dir, meinen Mund auf deiner Haut.

Petit Nevis

Salzwasser spült den
Kopf leer, füllt ihn mit Salz-
wasser, blau bis zum
Horizont, der hin und her schwankt

und sich einpendelt an einer Küste
wie dieser. Eine Mole, Sandfliegen.
In diesen Schuppen schleppen sie jedes Jahr
die Wale, hier werden sie zerlegt
mit zwei Jahrhunderte alten
Geräten; in dem Kessel am Haken
kocht man sie klein.

Manchmal bleibt ein Knochen
übrig, auf dem Strand
hinter dem Kamm, porös und weiß
gebrannt. Seetrauben, trockenes Gestrüpp,
windgebeugt, die Brandung

schleift alles kleiner:
hier eine Sternkoralle,
geschrumpft auf Kieselgröße, ein Brocken
aus einem alten Vulkan, knöchelgroß jetzt,
von der Farbe getrockneten Bluts.

Wohin gehörst du
in all dem Blau und gebleichten
Grün? Unter die Mittagssonne, die auf alles
mit gleicher Blindheit
niederstrahlt. Hier auf dem Sand
ist jedes Zeichen menschlichen Lebens

ein Extra. Du bist ein Extra,
ein Irrtum, Strandgut:
eine Gabe, ein Widerspruch.

Ich bin schon so lange fort von dir,
da ist kein Trost mehr; nicht lange genug,
um in Sicherheit zu sein. Sicherheit wäre
diese Insel, ein verkohlter
Knochen, ein Ozean, ein roter Stein.

Hotel

Ich liege wach im Dunkeln
in einem fremden Zimmer.

Eine Stimme an der Decke
hat ein Botschaft für mich.

Sie sagt & sagt immer wieder
dieselbe Wortlosigkeit,

so klingt Liebe,
wenn sie gehetzt zusammenbricht,

in einen Körper gezwungen,
in die Enge getrieben. Oben ist eine Frau

ohne Gesicht, und ein unbekanntes
Tier zuckt in ihr.

Sie entblößt ihre Zähne und wimmert.
Die Stimme rieselt durch Wände & Boden,

erlöst jetzt, befreit & läuft
bergab zum Meer wie Wasser.

Sie prüft die Luft hier und findet
Raum. Sie dringt

in mich und gehört mir.

Dinner

Der Speisesaal: glitzernde Girlanden,
goldene Sterne, Hibiskus aus Plastik gezogen.
Auf dieser Insel kommt alles,
was eßbar ist, mit dem Flugzeug
in Kisten, außer den Fischen –
ihre Kiemen und Blasen pflastern den Strand.

Hier schleppen wir uns
von einer Mahlzeit zur andern,
mästen uns mit Stärke und Fett.
Pralle Hintern und
Oberschenkel wackeln vorbei,
mürrische schlaffe Wänste.
Zucker ätzt die Zähne.

Vor der Küste bezeichnen Brecher das Riff
und seinen Wuchs, seine Knie und Borsten,
angeknabberte Wirbel, verlorene Flaschen,
Schnäbel und Gummimäuler.

Das Tonband, auch importiert,
stöhnt von der Liebe, das Meer
stöhnt über nichts, was
die glasigen Gesichter unter
seiner Oberfläche hören könnten.
Es liegt im Zwielicht, ein
purpurner Schatten, stachlig und drohend.
Ich liebe dich, wimmert der Sopran.

Immer das gleiche Lied, auch bei mir.
Warum sich lustig machen über den uralten
Rhythmus, beständig und ständig gebrochen,
den unsre zerschnittenen Füße tanzen?
Solange du nichts vermißt. Das Flüstern
und Pochen strömt als tiefer Sog
durch all dies Filigran, durch jeden Herzschlag:
dasselbe Verlangen, dieselbe Gier.

Nichts

Nichts Besseres als Liebe, um Blut
zurück in die Sprache zu leiten,
der Unterschied zwischen dem Strand und seinen
einzelnen Steinen & Scherben, eine eckige
Keilschrift, und die zarte Schreibschrift
der Wellen; Knochen & klarer Fischlaich, Wüste
& Marsch, ein grüner Schub
heraus aus dem Tod. Die Vokale voll wieder
wie Lippen oder weiche feuchte Finger, und
die Finger wandern über die
sanften Kiesel wie über Haut. Der Himmel ist
nicht leer und weit da oben, sondern nah
an deinen Augen, geschmolzen, so nah,
daß du ihn schmecken kannst. Er schmeckt nach
Salz. Was dich berührt,
ist das, was du berührst.

Kleine Gedichte zum Winteranfang

1

Ein unbeschriebenes Blatt: was
in dir scheint, ist nicht nichts,
wenn auch gleichermaßen klar & blau,

und ich bin alt genug zu wissen,
daß ich den Wunsch aufgeben sollte,
dieses Licht zu berühren.

Was leuchtet denn schon?
Sterne, geschliffenes Glas und Wasser
und du in deinem lichtblauen Hemd,

wenn du bei Regen
am Fenster stehst und weiter
nichts passiert, ungreifbar.

*

Deine Hand, ins Licht
gehalten, enthüllt
die Hand und auch das Licht:
ein Leuchten in der Berührung.

Andere Dinge aus Licht:
Halluzinationen & Engel.
Löst du dich auf, wenn ich
meine Hände in dich tauche?

2

Freier Fall
heißt fallen, aber wenigstens
frei. Ich weiß nicht einmal, bin ich
gesprungen oder gestoßen worden,
aber was macht das jetzt,
hier oben. Keine Flügel,
kein Netz, aber einen Moment lang
diese großartige Aussicht: das Meer,
die Linie der Brandung, braune Klippen,
büschelweise Gestrüpp, dein nach oben
gewandtes Gesicht ein weißes Oval.
Ich wünschte, ich wüßte,
ob du auffängst oder zuschaust.

3

Mund zu Mund
hole ich dich ins Leben zurück.
Warum bist du einfach ertrunken,
ohne ein Wort zu sagen?
Was hat dich betäubt?
Was über deinem Kopf
allmählich wuchs, war nur
die Luft, die alle atmen,
genormt & mörderisch.
Dein Kopf schwimmt auf deiner Hand,
auf Wasser, du drehst dich
um, dein Herz findet stockend
seine zwei starken Töne wieder.
Ich hole dich ins Leben
zurück, es ist gegenseitig.

4

Zu meinem kühlen Haus in diesem Matschwetter,
Hände am kalten Lenkrad, hoffentlich brennt das Feuer;
Schlackerschnee an der Scheibe, da war ein Unfall,
dann ein zweiter. Irgendwo noch einer,
meiner. Beim Menuett verfehlen wir uns
knapp, bei einem Unfall
nicht. Tanz ist kein Zufall;
aber – hast du mich verfehlt
oder nicht, ging's dir zu tief
unter die Haut, war das
ein Schmerz, bin ich weg? Keine
Scherben, trotzdem bin ich gehäutet,
der leiseste Hauch wühlt mich auf.
Ruhig, ruhig, bloß keine Scherereien.
Ich gleite über die schwarzen Straßen, reines Eis.

5

Kein Weg frei,
schreibe ich auf dieses linierte
gelbe Papier. Gedichte. Das sind die
Details, die an mir
zerren; und die aufdringlichen Glöckchen
an den Ecken, die ich auf meinem Weg
zu dir umrunde: sie singen von Hunger,
Armut & Dunkelheit.

6

Die Wochen flackern aus: die Wintersonnenwende
mit ihren abgeschlagenen Tannenzweigen
und kleinen verzweifelten Feuern
steht uns bevor

wieder & wieder. In fünfzig Versionen:
Die Bäume in stumpfem Blau, die Felder

ein letztes Mal schwarzbraun.
Wir haben noch eine Minute, vielleicht auch zwei,

um uns Hand in Hand
dem Rand des immergrünen Waldes zu nähern,
den wir niemals betreten werden,

durch den verwehten Schnee,
der farblos ist,
der frisch gefallen ist,

der frisch gefallen ist,
in dem wir keine Spuren hinterlassen.

7

Dieses Gedicht ist traurig
& sentimental und voller
Klagen. Wo bist du gewesen,
als ich dich brauchte?

Ich würde gern einen Strauß
hübsche saubere Wörter für dich pflücken,
ihn dir überreichen und wieder gehen,
Zweck erfüllt. Ich bring's nicht
fertig. Heute ist der kürzeste Tag
des Jahres, verschrumpelt,
blaugefroren & kalt, taubstumm.
Da an der Ecke, das bin ich, Eis-
regen im Nacken, wortlos. Wo bist du?

8

Du glaubst, ich wohne in einem Turm aus Glas,
in dem das Telefon nicht klingelt
und niemand ißt? Doch, es klingelt, man ißt
und läßt Krümel & verschmierte Messer liegen.

Im Wohnzimmer: Hundegestank
dringt durch die Tür,
schmutzige Felljacken & die aufgesperrten
Rachen fleischfressender Tiere. Schlamperei
& Unordnung, kalte Asche treibt
vom Holzofen auf den Boden.
Katzen mit weichen Wirbelsäulen
drapieren sich in jeder freien Ecke.
Wer hat sie gefüttert? Wer weiß.

Was ich dir zeigen möchte,
ist die Alltäglichkeit hier, auch
während ich schreibe, schrillt da unten
die Türklingel, ständige Angriffe
aus dem Radio, schon wieder ein
schuldlos zerschlagenes Gesicht, noch ein
Paar tropfnasse Stiefel im Flur.

Da ist kein Geheimnis, sage ich
dir, nicht das geringste,
auch sonst nirgendwo. Ich mache
etwas ganz Normales, nichts Überraschendes,
genau wie du, nicht aufregender
als jeder beliebige Sonnenaufgang.

9

Manche werden sagen, es gibt keine Entschuldigung
für diesen Betrug: während Männer sich gegenseitig
töten & verstümmeln, sprich Politik machen,
Häuser & Kinder verbrennen, Frauen die
Augen oder Bäuche durchbohren, halten
wir uns in Kneipen die Hände.

Eine Zerstreuung – lenkt dich ab
von der Arbeit, dem flimmernden Bildschirm,
auf dem Tod ein Ereignis ist, Liebe
nicht, es sei denn doppelter
Selbstmord. Wie rechtfertige ich dann
dieses sanfte Gedicht bei so viel
Schrecken? Heuchlerisches Getue,
Ahnungslosigkeit auf der rissigen Erde,
im grauen Schlamm, wo aufgedunsene Kinder
verenden und der Hunger nur einen einzigen
schnellen Ausweg läßt.

Händchenhalten ist Luxus,
den die Satten sich leisten.
Und wenn keine andere Wahl bliebe
als töten oder getötet werden – warum
dann nicht töten? Ich kenne von dir nur
das Negativ. Ich kenne deine Abwesenheit.

10

Natürlich erzähle ich
irdische Lügen, wie: Ich will versuchen,
dich niemals anzuschwindeln. Oder:
Noch ein Tag, und die Erde kippt
auf ihrer Achse wieder der Sonne
entgegen, das Licht wird heller,
es wird Frühling, und du
wirst froh. Oder:
Ich kann fliegen. Ich wünschte, ich könnte es
glauben. Statt dessen sitze ich hier fest
in diesem Wust aus Kleinkram,
Wahrheiten, Fakten. Zähne, Handschuhe & Socken.
Ich traue der Liebe nicht,
sie hat weder Form noch Farbe.

11

Und doch hätte ich gern, daß du
überrascht bist, und gierig wie ein Kind,
das sich nicht festlegen muß, weil jede
Entscheidung möglich ist, und einfach
wie Bonbons. Eine Handvoll
Ballons, greif zu, und schon
bist du mitten in der Luft. Pures
Vergnügen, das stünde dir zu,
nicht diese verwickelten
Ketten & Netze an den Händen,
keine verworrenen Zukunftsfäden.

Sieh, ich halte dir meine Hände entgegen,
faltenlos, wie mit kochendem Wasser übergossen,
gescheuert. Welche Unschuld!
Angenommen, ich könnte das,
wolltest du mich so?

12

Nachmittag: ein Wrack aus Papier
& bunten Bändern.
Es regnet & regnet. Und du so weit weg,
als wärst du nicht auf der Welt. Um uns
wimmelt Familie, summen Maschinen:
gespültes Geschirr & Musik, Abendbrot,
beschlagene Fenster. Und was ist
bei dir los? Dasselbe,
nehme ich an. Derselbe Traum.
Heute bist du die leere
Hälfte vom Mond.

Hier: ein gebratener Vogel, ein scharfes Messer –
das ist real,
etwas zum Anfassen.

Ich bilde mir
nicht ein, dich zu kennen
oder auch nur ein Stück deines Lebens.

13

Du hast mich in der Hand, sagst du und meinst
etwas ganz anderes: eine Möglichkeit,
der Entscheidung auszuweichen. Trotzdem,
du wurdest mir in die Hand gedrückt,
ohne daß ich es wollte, wie die Karten
zur Erklärung der Fingersprache,
mit denen Taubstumme dich an der
Bushaltestelle festnageln. Irritierend
und doch mehr: ein Gegenstand
aus Glas, leuchtend & leicht,
ohne Namen oder erkennbare
Funktion. Durch Berührung
& Rätselraten werde ich schlau aus dir,
oder auch nicht. Solange halte ich dich
in der Hand, stimmt, und frage mich, was
ich wohl aus dir mache, und du
aus mir. Eine Geste
der Hände, so klar
wie Wasser. Der Buchstabe A.

14

Ist es wirklich dein Schicksal,
in die Dichtung einzugehen und durchsichtig zu werden?

Kein Boden unter dir, weder Füße noch Schuhe,
keine Teppiche, Brotkrusten, Kalender, keine Knöpfe,
Taschen, Haare, kein Fell auf dem Körper, kein Blut,
wenn ich's nicht erfinde?

Als bloßes Gerücht, leer & zeitlos,
kann ich dich nicht brauchen. Das Jahr
ist kein glatter Kreis, nicht der vage Traum
von einer Uhr, sondern ein schattiger
Moment nach dem andern.
Es bleibt keine Wahl, ich muß dich nehmen
mit all dem Schrott,
den Ängsten, berechtigt
oder nicht, den verräucherten Möbeln,
dem schwachen Fleisch, der Mühsal, den ewig
nörgelnden Stimmen, mit deinem verborgenen Herzen,
das wir beide nicht sehen können, das sanft
schlägt unter meiner Hand,
im Dunkeln fliegt. Nehmen wir an,
du weißt deinen Weg.

Wahre Romanzen

1

Als ich sie kennenlernte, waren sie ein normales Paar,
sie lächelte und lachte viel, sie war, glaube ich,
Physiotherapeutin, und er war auch soweit ganz in Ordnung,
nur ein bißchen na, du weißt schon. In dem Sommer damals
fuhren sie zusammen in die Ferien, sie fuhren immer
zusammen in die Ferien, nach Spanien, das war damals,
als du dir das noch leisten konntest, und alle glauben,
daß er sie zerstückelt und in vier Mülltonnen
rings um die Stadt herum gelassen hat, oder vielleicht
auch nicht in Tonnen, haben sie da Tonnen? In
Barcelona, nur daß es Barcelona nicht war. Genau wie
der Kerl, der seine Frau in der Tiefkühltruhe gehabt hat,
weißt du noch? Und zwei Kinder kamen und wollten sich
ein Eis am Stiel oder so holen. Er hatte nicht mal
ein Schloß an der Truhe, manche Leute sind wirklich
zu blöd. Er sagte, sie wären nach Madrid gefahren,
nur daß es Madrid nicht war, und eines Tages wäre sie
einfach nur weggegangen auf einen Spaziergang und nie
zurückgekommen, aber die Hauswirtin, in Barcelona oder
wo es war, sagt, sie hätte ihn wieder in der Wohnung
gesehen, oder was es sonst war, was sie gemietet hatten,
nach dem Tag, an dem sie, wie er behauptete, daunddahin
gefahren waren. Und die Tonnen mit ihr drin waren
in Barcelona, nicht in Madrid. Also, sie sind da, und
er ist hier, und natürlich wollen sie, daß er rüber-
fährt, zur Vernehmung, sagen sie, und natürlich
will er nicht. Er sagt, er kann das nicht brauchen,
die ganze Qual noch einmal von vorn. Das kann ich mir
denken! Das wollte ich auch nicht, wenn ich er wäre.

Letzte Woche habe ich ihn im Supermarkt gesehen. Er hielt eine Eierfrucht in der Hand, und er sagte, *Aubergine,* das ist doch ein viel schöneres Wort, finden Sie nicht? Er strich mit den Fingern über die purpurfarbene Schale. Er hat sich kein bißchen verändert.

2

Vor langer Zeit war ich mal verzweifelt verliebt. Und ich meine verzweifelt, du kannst sogar das verliebt auslassen und hast trotzdem das richtige Bild. Ihm ging's genau so, und das Seltsame war, daß keiner von uns ein Wort, was der andere sagte, verstand. Deswegen warfen wir uns Geschirr an den Kopf, um die Aufmerksamkeit des anderen auf uns zu ziehen, wahrscheinlich; wir schrien uns an. Aus irgendeinem Grund war es immer sein Geschirr. Einmal lief ich in seine Küche und schnitt mir ein Loch mit seiner Küchenschere in den Arm, kein sehr großes, damit er sehen konnte, daß richtiges Blut drin war, aber er verstand auch das nicht. Nicht Sex ist das Problem, das Problem ist die Sprache. Aber vielleicht macht Liebe dich auch taub, nicht blind, denn jetzt, wenn wir ab und zu mal zusammen zum Essen ausgehen, verstehen wir uns großartig, wir erzählen uns Witze, und wir lachen darüber, wir finden wirklich, daß sie komisch sind, und ich kann nicht glauben, daß wir uns früher Geschirr an den Kopf geworfen haben, aber es war so. Ich erinnere mich noch, welche Teller, welche Tassen, welche Gläser, und welche zerbrochen sind.

3

Meine Freundin hat mich angerufen und gesagt: Ich bringe mich um. Warum? fragte ich. Er hat mich verlassen, sagte sie, wofür soll ich noch leben. Also gut, sagte ich, und wie willst du's machen? Tabletten? Nein, sagte sie, davon wird mir schlecht. Ich meine, falls es schiefgeht. Ich ertrage das nicht, daß mir der Magen ausgepumpt wird, das ist zu demütigend. Dann also mit einem Schießeisen, sagte ich. Stell dir die Schweinerei vor, sagte sie, das geht nicht wieder weg, und ich kann laute Geräusche nicht ausstehen. Erhängen, sagte ich. Da siehst du so furchtbar aus, sagte sie. Das gleiche könntest du auch vom Ertrinken sagen, sagte ich. Ja, das wär's dann wohl, sagte sie, aber was mache ich, jetzt wo er mich verlassen hat und ich nichts habe, wofür ich leben kann? Wer hat dir gesagt, daß du für irgend etwas leben mußt? fragte ich. Hast du denn für ihn gelebt, als er noch da war? Nein, sagte sie, ich habe trotz ihm gelebt, ich habe gegen ihn gelebt. Dann solltest du sagen: Ich habe nichts, wogegen ich leben kann, sagte ich. Das ist doch das gleiche, oder? fragte sie. Ich sagte: Nein.

4

Die meisten Menschen in dem Land essen keine Eier, sagte sie zu mir, sie können es sich nicht leisten; wenn sie Glück haben und ein Huhn besitzen, das Eier legt, verkaufen sie die Eier. Es gibt dort nichts wie ein *drinnen,* es gibt dort nichts wie ein *ich.* Die Landschaft geht immer weiter, sie fließt durch alle Behausungen, getrockneter Lehm drinnen und draußen, Hunger drinnen und draußen, es gibt dort nur ein *wir.* Deshalb können sie so viele von uns töten, ohne einen Unterschied zu machen. Wollten sie einen Unterschied machen, müßten sie uns alle töten. Sie schneiden die Hände und Köpfe ab, um zu verhindern, daß die Toten identifiziert werden, aber sie können es nicht verhindern. Jeder weiß, wer erschossen und ins Meer geworfen worden ist, wer geschlagen, welcher Mann oder welche Frau mit Methode vergewaltigt worden ist, wen sie verhungern und unter der Mittagssonne verbrennen ließen.

Wir, sagte sie zu mir, mein Freund und ich, mußten uns trennen. Beide können wir es uns nicht leisten, nur miteinander zu leben. Du wirst unvorsichtig, du vergißt, wie gern du leben möchtest, du fängst an, Kompromisse mit dir zu schließen, du wirst für die anderen eine Gefahr. Eine solche Liebe ist eine Waffe, die sie gegen uns benutzen können. Unter denen von uns, die noch Köpfe und Hände haben, gibt es keine Ehen.

5

Ich denke nicht so viel an dich, wie ich sollte; ich brauche es nicht, du bist da, ob ich an dich denke oder nicht. Das gilt nicht für viele Leute.

Wenn ich wirklich an dich denke, denke ich nicht das, was du erwarten würdest. Ich möchte dann nicht bei dir sein: meistens wäre das eine Unterbrechung, für uns beide. Ich male mir gern aus, wie du deinen Tageslauf beginnst. Ich stelle mir vor, wie du aufstehst, dir die Zähne bürstest, frühstückst.
Ich variiere das Frühstück, denke mir jedoch nichts zu Ausgefallenes für dich aus, bleibe bei Cornflakes, Orangensaft, Eiern – dergleichen. Keine Erdbeeren außerhalb der Saison. Ich finde es tröstlich, an dich zu denken und mir vorzustellen, wie du so ein irdisches und wirklich etwas strenges Frühstück zu dir nimmst. Ich fühle mich dann sicher.

Aber warum solltest du immer zur gleichen Zeit, auf die gleiche Art frühstücken, Tag für Tag, nur damit ich mich sicher fühlen kann? Du bist ziemlich zufrieden, gewiß, aber da muß mehr sein. Ich komme schon noch dahinter. Eines Morgens, wenn du den letzten Schluck Kaffee trinkst oder Tee, es kann beides sein, wirst du auf dem Boden der Tasse einen abgetrennten Finger erblicken, ohne Blut, anonym, eine kleine Todesbotschaft, dir übersandt aus dem fernen Land, wo sie so etwas ziehen.
Oder du wirst hinuntersehen auf dein Ei, vier Minuten, wie es da in seinem weißen Becher steckt, noch unaufgeschlagen und heiter wie eh und je, und Sonnenlicht wird daraus hervorbrechen. Aber wenn du noch mal hinsiehst, wird deine Kaffeetasse leer sein, und das Ei, wenn du am Ende die Augen schließt und es, ohne hinzusehen, mit der Kante deines Löffels aufschlitzt, wird nichts enthalten, was normalerweise nicht darin ist.
Dann wirst du wissen, daß es mir endlich gelungen ist, mir ein perfektes Bild von dir zu machen.

Notizen zu einem Gedicht, das nie geschrieben werden kann

Konversation

Der Mann spaziert am südlichen Strand
mit Sonnenbrille, lässigem Hemd
und zwei schönen Frauen.
Er stellt Maschinen her,
die Zehennägel ziehen
und Elektroschocks
durch Gehirne oder Genitalien jagen.
Er macht keine Versuche und ist nicht Zeuge,
er verkauft nur. Liebe gnädige Frau,
sagt er, Sie machen sich keine Vorstellung
von diesen Leuten. Die verstehen
keine andere Sprache. Was sollte ich machen?
sagte sie. Was hatte er auf der Party zu suchen?

Fliegen im eigenen Körper

Deine Lungen füllen & dehnen
Flügel aus rosa Blut, und deine Knochen
leeren sich und werden hohl.
Wenn du einatmest, hebst du ab wie ein Ballon,
und dein Herz ist auch leicht & groß,
schlägt aus reiner Freude, reinem Helium.
Die weißen Sonnenwinde wehen durch dich hindurch,
nichts ist mehr über dir,
jetzt siehst du die Erde als ein ovales Juwel,
strahlend & meerblau vor Liebe.

Nur in Träumen bringst du so etwas fertig.
Wenn du erwachst, ist dein Herz eine geschüttelte Faust,
feiner Staub beschwert die Luft, die du atmest;
die Sonne ist ein heißes Kupfergewicht, das direkt
niederdrückt auf die dicke rosa Haut deines Schädels.
Es ist immer der Augenblick kurz vor dem Schuß.
Du willst & willst aufstehen, aber du schaffst es nicht.

Die Verhaftung des Börsenmaklers

Sie brachen die Hände des Musikers,
und als er trotzdem nicht aufhörte zu singen,
erschossen sie ihn. Das kam nicht unerwartet.

Du hast erwartet, daß sie den Dichter kopfüber mit
einem Fuß an der Wäscheleine aufhängen: in deiner Phantasie
hast du sein Haar grün gefärbt. Kunst braucht Märtyrer.

Und dann der Gewerkschaftsführer, die
blühendsten Körperteile mit Elektroden
besetzt, verdrahtet, wie ein
sonderbares zoologisches Diagramm:
wenn du den Mund nicht hältst,
wählen sie den passenden Schrei
für dich. Das ist ein offenes Geheimnis.
Irgendwie hat er es so gewollt.

Wenn du die Zeitung liest – du hast das alles schon gesehen:
die Maschine, die Fingernägel zieht,
die Motoren, das Zubehör,
was man mit der gewöhnlichen Stecknadel alles anstellen kann.
Ganz abgesehen von den Ehefrauen und Kindern.

Wer braucht diese Geschichten,
die zwischen den
Zeilen stehen,
alltäglich und formlos, wie Schnee?

Du blätterst weiter zu den Reiseanzeigen; unfähig,
das Konzept der Tragödie zu erschüttern:
daß jeder mehr oder weniger
kriegt, was er verdient;
daß es eine Fügung gibt
und Unschuld nur heißt:
nicht handeln.

Da bist du schon mittendrin
in diesem Fehler, diesem Theater, dieser Kiste,
diesem Krieg, der sich quer über
deinen Körper walzt. Du kannst es kaum glauben.

Nicht nur das, er sitzt mit dir in der Klemme,
der Mann mit den Akten,
den Formularen, den Stempeln, den Gebetslitaneien, den Siegeln,
rot & silber, den Schlüsseln, den Unterschriften.

Es sind seine Schreie, die du hörst,
es ist der Mann, bei dem du sicher warst,
er steht für dich ein,
der Mann, bei dem du immer sicher warst,
er holt dich raus.

Folter

Was passiert in den Pausen
dieses Gesprächs,
bei dem es um Willensfreiheit geht
und Politik und den Ruf nach Leidenschaft?

Eben dies: Ich denke an die Frau,
die sie nicht getötet haben.
Statt dessen nähten sie ihr das Gesicht
zu, machten aus ihrem Mund
ein strohhalmgroßes Loch
und schickten sie zurück auf die Straße,
ein stummes Symbol.

Es ist gleichgültig, wo
das geschah und warum und welche
Seite dafür verantwortlich ist;
solche Dinge geschehen, wenn
zwei Seiten sich gegenüberstehen,

und ich weiß nicht, ob es die tüchtigen Männer,
die ein sauberes Leben führen,
wegen dieser Frau gibt oder
trotz ihr.
                    Aber Macht
wie diese ist nicht abstrakt, sie schert sich nicht
um Politik und Willensfreiheit, ist über Parolen erhaben,

und was Leidenschaft betrifft – dies
ist ihr heimlicher Widersacher:
das Messer, das Geliebte aus
deinem Fleisch schneidet wie Tumoren,
und dich ohne Brust
und ohne Namen zurückläßt,
flachgewalzt, blutlos, sogar deine Stimme
abgetötet durch so viel Schmerz,

ein gehäuteter Körper,
auseinandergenommen Stück für Stück und
an die Wand gehängt; ein gequältes Banner,
zur Schau gestellt wie Fahnen
und aus dem gleichen Grund.

Im französischen Kolonialstil

Für meinen Sohn Mitchell

Das hier war früher eine Plantage,
die einem Franzosen gehörte. Der Brunnen hat überlebt,
jetzt ist er gefüllt mit Algen, herzfarbenen
Libellen, dem dünnen Sirren der Moskitos.

Hier ein Torbogen, überwuchert
von starken Baumwurzeln,
dort ein vergittertes Fenster,
eine Scheune oder ein Gefängnis.
Pilze schwärzen die Mauern,
als wären sie verbrannt; nicht nötig:
dichte Weinreben züngeln darüber hin und
dazwischen, ein langsames
grünes Feuer. Damals
ging es um Zucker. Jetzt sieht man Reihen
blaßgelber Limonen, die Höhlen
der Nachtkrebse. Fünfhundert Meter entfernt
füllen welke Frauen in geblümten Kleidern
ihre Teller am Büfett.
Wir werden bald zu ihnen gehen.
Die Namen der Buchten:
Hoffnung, Freundschaft und Industrie.

Der Brunnen ist ein steinernes Loch,
das sich aus der Dunkelheit öffnet,
ertrunkene Geschichte. Wer weiß,
was am Grund liegt? Wie viele
verbrauchte Leben, geschundene Glieder.
Die Schwelle zu einem ungebauten
Haus. Wir sitzen auf dem Rand
in der Sonne, reden über
Politik. Das Wasser, heißt es,
kann man noch trinken.

Eine Frauenfrage

Die Frau mit dem Dornenverschluß
um die Taille und zwischen
den Beinen, mit Löchern darin wie ein Teesieb,
ist Exponat A.

Die Frau in Schwarz mit einem Schleierfenster
für die Augen und mit einem vier Zoll langen
Pflock – zwischen ihre Beine gerammt,
damit niemand sie vergewaltigt –
ist Exponat B.

Exponat C ist das junge Mädchen,
das von weisen Frauen ins Gebüsch gezerrt wurde
und singen muß, während sie ihr das Fleisch zwischen
den Beinen ausschaben, dann ihre Schenkel verschnüren,
bis sie völlig verschorft ist und als geheilt gilt.
Jetzt kann sie geheiratet werden.
Bei jeder Entbindung wird sie auf-
geschnitten und wieder zugenäht.
Männer mögen enggebaute Frauen.
Die sterben, werden sorgfältig bestattet.

Das nächste Exponat liegt flach auf dem Rücken,
während jede Nacht achtzig Männer
in sie einfahren, zehn in der Stunde.
Sie starrt an die Decke, hört,
wie die Tür aufgeht und zugeht.
Eine Glocke läutet ununterbrochen.
Niemand weiß, wie sie hierhergekommen ist.

Sie werden bemerken: was allen gemeinsam ist,
befindet sich zwischen den Beinen.
Werden darum Kriege geführt?
Feindliches Territorium, Niemands-
land, das man heimlich besetzt,
umzäunt, aber nie sicherer Besitz,
Schauplatz der verzweifelten Raubzüge
um Mitternacht, der Eroberungen
und klebrigen Morde; Ärzte mit blutverschmierten
Gummihandschuhen, fühllos gemachtes Fleisch,
der Stromstoß eurer verunsicherten Macht.

Dies ist kein Museum.
Wer hat das Wort *Liebe* erfunden?

Weihnachtslieder

Kinder bedeuten nicht immer
Hoffnung. Manche verzweifeln an ihnen.
Diese Frau, kahl geschoren,
damit sie sich nicht an den Haaren aufhängte,
warf sich vom Dach, dreißigmal
vergewaltigt & schwanger von dem Feind,
der ihr das antat. Der anderen hat man das Becken
mit dem Hammer gebrochen, um ihr Kind
herauszuziehen. Dann wurde sie weggeworfen,
nutzlos, ein aufgeschlitzter Sack. Die hier
hat sich mit Küchenspießen durchlöchert
und ist auf einem schmierigen
Wachstuchtisch verblutet – nur nicht noch eine
Geburt, nicht über die Grenze hinaus. Es
gibt eine Grenze, aber wann ist sie erreicht?
Die Gräber aus dem neunzehnten Jahrhundert
sind vollgestopft mit kleinen Wachsleichen,
hineingeworfen in panischer Angst. Ein Flugzeug
schießt zu tief über die Fuchsfarm hinweg,

und die Mutter frißt ihr Junges. Auch das
ist Natur. Denk also zweimal nach,
bevor du umgepflügte Furchen anbetest oder
Lippenbekenntnisse zu diesem oder jenem
dicken Bauch abgibst oder ein Mädchen auserwählst,
in blau & weiß die magische Mutter zu spielen,
hoch oben auf dem Sockel,
ohne Fehl & Tadel, abgesondert
von denen, die es nicht sind. Also
von allen anderen. Es ist eine Frage
der Ernährung & Blutreserven. Wenn Mutter-
schaft heilig ist, gib
dein Geld statt guter Worte. Nur
dann kannst du die Ankunft
des vielbesungenen Wunders
auf der abgewrackten & schimmernden Erde
erwarten, den Tag,
an dem jedes Kind, das zur Welt kommt, heilig ist.

Eisenbahnfahrt Wien–Bonn

i

Es sind diese Helme, an die wir uns erinnern,
geformt wie ein nach auswärts gebogener Schädel,
und die Gesichter darunter
erbarmungslos & uniform.

Aber die hier sitzen im Zug,
sauber & gesund, in ihrem neutralen
Beige & Creme: das Mädchen dort lächelt,
sie hat sich einen Plastikschmetterling
angesteckt, und der Kellner schenkt
meinem Kind aus Spaß ein purpurrotes Ei.
Freundlichkeit überall.

ii

Draußen vor den Fenstern fliegen die Bäume
vorbei im zarten Nebel,
hellgrün & saftig vor lauter Knospen.

Trotzdem seh ich die schwarzen Stämme,
ein Ausschnitt von Breughel:
drei Männer von hinten, die zurückkehren
von der Jagd, und ihre Hunde, die ihnen folgen,
starre Silhouetten vor dem Schnee.

iii

Der Wald ist nicht dunkler
als andere Wälder, mein eigener
eingeschlossen, diese Felder hier
könnten meine sein; wäre nicht das,
was mein Auge hinzufügt.

Durch dieses Feld rennt ein Mann,
und drei andere jagen ihn,
und ihre braunen Mäntel
schlagen gegen ihre Stiefel.

Zwischen den Baumwurzeln stolpert
der rennende Mann, stürzt, mit dem Gesicht
nach unten, und bleibt liegen.

iv

Was mich die Geschichte
nicht vergessen läßt, die wir alle
so oft gehört haben:

Die wenigen, die widerstanden,
die nicht taten, was ihnen befohlen wurde.

Das ist die alte Angst:
nicht was dir angetan werden könnte,
sondern was du selbst
tun könntest, oder nicht schaffst.

Das ist die alte Folter.

V

Drei Männer in dunklen altmodischen
Mänteln, den Rücken mir zugewandt, kehren
nach Hause zurück, zum Essen und zu einem warmen Feuer,
lachen zusammen, und ihre Hunde folgen ihnen.

Der Wald hier ist mir
fremd, näher als Haut,
unbekannt, etwas Frühes
wie Höhlen und begraben, hart,

ein schartiges Messer aus Stein, der
lange Knochen, der im Dunkeln liegt,
in meinem rechten Arm: nicht
schuldlos, aber verborgen.

Buchstabieren

Meine Tochter spielt auf dem Boden
mit Buchstaben aus Plastik,
rot, blau & grell gelb,
lernt Wörter bilden,
Zauberworte,
Flüche.

*

Und ich staune, wie viele Frauen
sich Töchter versagten,
sich in Zimmer einschlossen
und die Vorhänge zuzogen,
um sich an Worten zu berauschen.

*

Ein Kind ist kein Gedicht,
ein Gedicht ist kein Kind.
Es gibt kein entweder/oder.
Und trotzdem.

*

Ich komme zurück zu der Geschichte
von der Frau, die gefangen wurde im Krieg
& in Wehen lag, der die Schenkel
zusammengebunden wurden vom Feind,
damit sie nicht gebären konnte.

Vorfahrin: die brennende Hexe,
ihr Mund mit Leder verbunden,
um Worte zu ersticken.
Wort an Wort
an Wort ist Macht.

*

Da, wo Sprache abfällt
von den heißen Knochen, da,
wo der Fels aufbricht und Dunkelheit
herausfließt wie Blut, am
Schmelzpunkt von Granit,
wenn die Knochen wissen,
daß sie hohl sind & das Wort
sich spaltet & verdoppelt & die Wahrheit
sagt & der Körper
selber Mund wird.

Dies ist eine Metapher.

*

Wie lernst du Wörter bilden?
Blut, Himmel & die Sonne,
deinen eigenen Namen zuerst,
dein Name das erste, was du benennst,
dein erstes Wort.

Notizen zu einem Gedicht, das nie geschrieben werden kann

Für Carolyn Forché

i

Das ist der Ort,
von dem du lieber nicht wüßtest,
das ist der Ort, der in dir wohnen wird,
das ist der Ort, den du dir nicht vorstellen kannst,
das ist der Ort, der dich am Ende besiegen wird,

wo das Wort *warum* schrumpft und sich selbst
ausleert. Das ist Hunger.

ii

Darüber kannst du kein Gedicht
schreiben, die Sandgruben,
wo so viele begraben
& ausgegraben wurden, den unerträglichen
Schmerz noch in die Haut gegerbt.

All das geschah nicht letztes Jahr
oder vor vierzig Jahren, sondern letzte Woche.
All das ist geschehen,
all das geschieht.

Wir binden ihnen Kränze aus Adjektiven,
wir zählen sie wie Perlen,
wir verwandeln sie in Statistiken & Litaneien
und in Gedichte wie das hier.

Es hilft alles nichts.
Sie bleiben, was sie sind.

iii

Die Frau liegt auf dem feuchten Zementfußboden
unter dem endlosen Licht,
Nadelstiche an den Armen, beigebracht,
um das Gehirn zu töten,
und weiß nicht, warum sie stirbt.

Sie stirbt, weil sie gesprochen hat.
Sie stirbt um des Wortes willen.
Und ihr Körper schreibt, still
und ohne Finger, dieses Gedicht.

iv

Es wirkt wie eine Operation,
aber es ist keine,

und trotz gespreizter Beine, Stöhnen
& Blut ist es auch keine Geburt.

Teils ist es ein Job,
teils eine Vorführung von Fertigkeiten
wie in einem Konzert.

Es kann schlecht oder gut
gemacht werden, sagen sie sich selbst.

Teils ist es eine Kunst.

V

Die Tatsachen dieser Welt, klar gesehen,
werden durch Tränen gesehen;
warum sagt ihr mir dann,
es stimmt etwas nicht mit meinen Augen?

Klar zu sehen, ohne zurückzuschrecken,
ohne sich abzuwenden,
ist Todesqual – die Augen mit Pflaster aufgesperrt,
zwei Fingerbreit von der Sonne.

Und was siehst du dann?
Ist es ein böser Traum, ein Hirngespinst?
Ist es eine Vision?
Was hörst du?

Die Rasierklinge auf dem Augapfel –
das ist ein Bild in einem alten Film.
Es ist auch eine Wahrheit.
Was du aushalten mußt: das Zeugesein.

vi

In diesem Land kannst du sagen, was du willst,
weil dir sowieso kein Mensch zuhört,
es ist ungefährlich, hier kannst du sogar versuchen,

das Gedicht zu schreiben, das nie geschrieben werden kann,
das Gedicht, in dem nichts erfunden ist
und nichts entschuldigt wird,
weil du dich jeden Tag erfindest und entschuldigst.

Anderswo ist dieses Gedicht keine Erfindung.
Anderswo gehört zu diesem Gedicht Mut.
Anderswo muß dieses Gedicht geschrieben werden,
weil die Dichter schon tot sind.

Anderswo muß dieses Gedicht geschrieben werden,
als wärst du schon tot,
als könnte nichts mehr getan werden
oder gesagt, um dich zu retten.

Anderswo mußt du dieses Gedicht schreiben,
weil nichts anderes mehr getan werden kann.

Letzte Gedichte

Geier

Hängen dort im heißen
Mittagsgeflimmer, dunkle Asche
im Aufwind vom Kamin, langsamer
Bogen, wie ein aufs Ziel gedrückter
Daumen; träge Flügel; Fliegen, bis sie niederstoßen.

Dann sind sie Hyänen, heiser
um die Beute herum, spannen ihre schwarzen
Schirme auf, die gefiederten rotäugigen Witwen,
deren volle Bäuche die Trauer verlachen,
Gekicher beim Begräbnis,
Gerülps bei der Totenwache.

Sie hocken zusammen, legen wie Käfer
ihre Eier auf Unrat,
gierig auf einen Platz, ein kleines
Mordgebiet: Nahrung
und Brut.

Schmuddlige alte Heilige, kahl-
köpfig und muffig, dünn-
hälsiger Eremit auf deiner Säule
aus heißer Luft, die nicht
der Himmel ist: Was hältst du
vom Tod, den du nicht
bewirkst, den du täglich verschlingst?

Ich mache Leben, ein Gebet.
Ich mache saubere Knochen.
Ich mache ein graues Zink-Geräusch,
das ist für mich ein Lied.

Nun, mein Herz, könntest du aus all dem
Gemetzel etwas Besseres machen?

Letztes Gedicht

Heute abend fallen die Worte von mir ab wie getragene Kleider,
achtlos auf den Boden geworfen, als gäbe es kein
Morgen, und es gibt kein Morgen.

Eines Tages auf halbem Weg zum Gipfel oder auf der Autobahn,
jedenfalls pfeift der Wind vorbei,
bleibst du plötzlich stehen und weißt: du kommst niemals an.

Ich liege auf einem blauen Sofa und lutsche Eiswürfel,
während meine Freunde und die Freunde
meiner Freunde und Frauen,
die ich kaum kenne, Krebs kriegen.
Jede Woche, jede Minute ist einer dran; wir reden darüber.

Ich bin ein Seuchenarbeiter, ich streife nur leicht die Finger,
um mich nicht anzustecken, und überlege,
wie man sich elegant verabschiedet, ohne zu schniefen.
Manchmal bleibt ein Rest Hoffnung, zugegeben, aber nicht viel.

Unterdessen sitze ich hier mit dir, ohne Zukunft:
in einer Sekunde wird etwas reißen wie eine Schnur,
ein Verschluß,
oder die Zeit verrutscht wie die Granitwände einer Felsspalte,
und Häuser, Stühle, Liebespaare stürzen
in langem Beben zusammen.

Was da aus dem Schutt ragt, ist deine Hand.
Ich berühre sie, du lebst noch;
dafür würde ich alles geben:
daß du trotz der Trümmer mit mir am Leben bleibst.

Ich halte diese Hand, als ob ich auf Rettung warte,
und in der Berührung liegt schon alles Glück.
Weil es nichts mehr gibt, was ich tun kann, tue ich nichts.

Im Grunde reden wir über einen Tisch und zwei Gläser,
zwei Hände, eine Kerze, und vor dem verhängten Fenster eine
verbrannte Landschaft mit Gebäuden und Bäumen,
die noch schwelen.
Jedes Gedicht ist mein letztes, auch dies hier.

Erde

Nicht der Winter bringt sie
an den Tag, meine Feigheit,
sondern der sich verdichtende Sommer, in dem ich
schwelge, gerade jetzt, der nach Flieder stinkt, grün
von Würmern & Pollen, die sich vermehren,
alle gleich.

Ich hocke zwischen Reihen von Saat & Unkraut
und stecke meine Hand in den saftigen Dreck:
verkohlte Hühnerknochen, rostige Nägel,
Hundeknochen, Steine, Ofenasche.
Da unten ist eine andere Hand, deine, hoffnungslos,
da unten ist eine Zukunft –

in ihr bist du ein weißes, weißes Bild
mit einem Namen, den ich vergaß
darunterzuschreiben, und keinem Datum,

in ihr bist du ein Anzug
mit abgeschnittenen Ärmeln
in einem Schrank, in einem Haus
in einer Stadt, in die ich niemals kam,

ein überhörtes Pochen im All,
das sich trotzdem entrollt,
wie immer. Wie immer:
deshalb mache ich hier lieber nicht weiter.

(Ich möchte ein Loch in die Erde graben,
so groß wie eine Implosion, ein Blatt, ein winziger
Stern, eine Höhle in die Zeit graben,
die sich öffnet, weiter & weiter zurück
in die vollkommene Dunkelheit und endlich
in einen kleinen bleichen Mond aus Licht,
so groß wie eine Hand,
ich will dich aus dem Grab heraufrufen,
ganz gleich in welcher Form.)

Nutzen

Wozu brauche ich
dich? Die Antwort ist, wenn's
eine gibt, zu nichts, du nützt
mir nichts in meinem Leben, bist
reiner Luxus. Wozu
brauche ich ein Bild an der Wand? Zum
Anschauen – aber warum? Alle solche
Fragen enden im Schweigen. Aber
ich will dich zu
sehr, ich will
dich auch gebrauchen, ich will, daß du
gebraucht wirst & dabei
glänzt wie ein heißer Muskel, wie Metall,
das auf Stein stößt, oder eine
jahrelang von Händen liebkoste

Holzform zu irgend-
einem Zweck. Wenn ich denn
langsam Zelle für Zelle
verbrenne oder verschleiße,
dann so. Was taugt das Tanzen des
Körpers, außer um die Leere
hervorzuheben, an der wir
den Klang messen? Schließ die
Augen, aus den Augen heißt aus der
Zeit, führe deine Hand
wieder & wieder über meine
Haut & schau, wie ich vergehe
im Dunkel, wie ich flackernd
wieder erscheine. Dazu brauche ich
dich, strahle darüber, verströme
Licht.

Sonnenuntergang I

Das hier ist eine andere Küste,
mißgünstig & schmal. Dahinter der übliche
Industriemüll. Davor die üppige
keuchende See, die an die Küste schwappt,
wie eine gestrandete Flunder.
Heute abend gibt's kein Crescendo,
auch in der Sonne nicht, keine leuchtend rote
Katastrophe, keine aufgeschlitzte
Kehle – nur ein zerlaufenes Ei.

Wir gehen in unseren Stiefeln, zu kalt
für die Haut der Sand, der sowieso
verdreckt ist von Teer und übersät
mit Überresten von Mahlzeiten und Büscheln von ausgerissenem
Haar. Da ist eine Möwe,
Gier in den gelben
Augen. Sie sähe uns gern mit dem Gesicht
im verebbenden Wasser. Ich halte deine Hand, die vielleicht
am Gelenk abreißt. Der Wärmelehre nach
werde ich bald so kalt sein wie du. Plato
hat eine Menge dazu zu sagen.

Ich nähme dich mit, wohin
ich gehe, aber du willst nicht,
du bist eingeschneit & starr & schön
drapiert. Kein Heilmittel, laß alles fallen,
wate hinein ins illegal
ergrauende Meer, mit seinem schmutzigen
heiligen Wasser und seinem Geschmack nach
zerfallendem Metall,
das beinahe tot ist, aber noch kämpft,
das nicht moralisch ist.

Variationen über das Wort *Liebe*

Dieses Wort verwenden wir, um Löcher
zu stopfen. Es hat die richtige Größe für die warmen
Pausen beim Sprechen, für die roten herz-
förmigen Lücken auf dem Blatt Papier, die gar nicht
wie richtige Herzen aussehen. Füge etwas Spitze hinzu,
und du kannst es verkaufen.
Wir setzen es auch ohne Anweisung
in die eine leere Spalte
des vorgedruckten Formulars ein. Ganze
Zeitschriften kommen mit nicht viel mehr
als dem Wort *Liebe* aus, du kannst dich
damit einreiben von Kopf bis Fuß, und
du kannst sogar damit kochen. Wer weiß,
ob es nicht auch für die kühlen
Ausschweifungen der Schnecken unter feuchten
Pappfetzen paßt? Und die Unkraut-
sämlinge, die ihre zähen Rüssel zwischen
dem Kopfsalat hochrecken: sie posaunen es aus.
Liebe! Liebe! singen die Soldaten und zücken
ihre glänzenden Messer zum Gruß.

Und dann wir
beide. Das Wort
ist viel zu kurz für uns, es hat nur
fünf Buchstaben, zu dürftig,
um das tiefschwarze Vakuum
zwischen den Sternen zu füllen,
das dumpf auf uns lastet.
Nicht der Liebe wollen wir um keinen Preis
verfallen, sondern dieser Angst.
Das Wort reicht nicht aus und muß doch
genügen: Ein einziges
Wort in der metallischen
Stille, ein Mund, der es sagt,
wieder und wieder, voll Staunen
und Schmerz, ein Hauch, der Finger-
griff an einem Abgrund: Du kannst
festhalten oder loslassen.

Sonnenuntergang II

Der Sonnenuntergang, in dem wir endlich stehen,
ist nicht, was wir glaubten.

Hast du diesen schwarzvioletten
sanften Rand zum äußeren Raum hin erwartet,
                    fragil wie Flugasche,
und erschaudernd wie Öl, oder das Orange-
rot, das in deine Lungen
fließt und durch deine Finger?
Die See läßt lippenrotes Licht
über deine Augen gleiten, Schwall auf Schwall.
Was du einatmest, ist die Sonne,
blaßblau. Hast du
erwartet, daß sie so warm ist?

Noch ein Lebewohl,
gefühlvoll, wie alle Abschiede sind.
Der ferne Westen weicht von uns zurück
wie eine lila Ansichtskarte von sich selbst
und versinkt im Meer.

Jetzt ist ein Mond da,
eine Ironie. Wir gehen
nach Norden, auf keine Wohnung zu,
halten uns bei der Hand.

Ich werde dich immer lieben,
ich kann die Zeit nicht anhalten.

Das bist du, irgendwo auf meiner Haut,
in Gestalt von Sand.

Variationen über das Wort *Schlafen*

Ich möchte dir beim Schlafen zusehn
und werde es vielleicht nie tun.
Ich möchte dir zusehn,
im Schlaf. Ich möchte mit dir
schlafen, in deinen Schlaf
dringen, wenn seine dunkle Welle
wie Seide über meinen Kopf gleitet,

und mit dir durch den hell flimmernden
Wald aus blaugrünen Blättern gehn
mit seiner flüssigen Sonne & den drei Monden
bis zu der Höhle, in die du hinabsteigen mußt,
bis zu deiner größten Furcht.

Ich möchte dir den Silberzweig
geben, die kleine weiße Blume, das eine
Wort, das dich schützt
vor der Trauer in der Tiefe
deines Traums, vor der Trauer
in der Tiefe. Ich möchte hinter dir
die lange Treppe wieder
hinaufgehn & das Boot werden,
das dich zurückrudert,

behutsam – eine Flamme
in zwei gewölbten Händen –,
dahin, wo dein Körper
neben meinem liegt; und du steigst ein,
so mühelos wie Atemholen.

Ich möchte die Luft sein,
die nur einen Moment in dir wohnt.
So unbemerkt möchte ich sein
& so nötig zum Leben.

Regen

Es regnet & regnet & die Bäume
leuchten auf wie Steine unter Wasser:
ein Dunst aus stumpfem Orangerot,
ein gelber Nebel,
am Boden ein purpurnes Meer
von abgefallenen Blättern.

Die Zweige strecken ihre Fühler aus:
Weidenkätzchen & rote Büschel,
die nach dem Sommer tasten.

Vom Fenster aus sehe ich
die Wiese, durch die ich gestern ging,
harte Moospolster
im dürren Vorjahrsgras, weiße Blumen
winzig & fröstelnd.

Hier ist ein Zimmer,
da wirst du niemals sein;
draußen eine Straße,
da wirst du niemals
gehen mit mir. Es ist
schwer zu glauben.

Dies ist keine Jahreszeit,
sondern eine Pause
zwischen einer Zukunft & einer anderen,
ein Tag nach dem andern,
eine Atempause vor dem Tod,
ein Atemzug, der Regen

stürzt sich herab aus dem
blaugrauen Himmel, die reine Freude.

Pilze

i

In dieser feuchten Jahreszeit,
Nebel auf dem See und Gewitter-
nachmittage in der Ferne,

sprießen sie auf aus der Erde
über Nacht,
wie Blasen, wie winzige
leuchtend rote Ballons,
mit Wasser gefüllt;
ein unhörbarer Ton, die Daumen von Gummi-
handschuhen sanft nach außen gestülpt.

Morgens ist das Laub am Boden
mit Zitzen gespickt,
mit kühlen weißen Kiemen,
ledrigen Purpurhirnen,
faustgroßen Sonnen von erlöschender Glut,
giftigen Monden, blaßgelb.

ii

Wo kommen sie her?

Für jedes Gewitter, das oben
dahinzieht, gibt es noch ein anderes,
das unterirdisch wandert.
Sie treffen sich, wo der Blitz einschlägt.

Unterm Fuß ein wolkiges Gewurzel,
ausgerupfte Haare oder loses Garn,
langsam durch die Erde geweht.
Das sind ihre Blüten, diese Finger,
die sich durchs Dunkel zum Himmel strecken,
dieses Augenzwinkern,
das birst und die Luft mit Sporen füllt.

iii

Sie leben im Schatten, von Laubresten,
und sie werden wieder zu Wasser,
auf langsam schmelzenden Stämmen,
vermoderndem Holz. Sie leuchten
manchmal im Dunkeln. Sie schmecken
wie faules Fleisch oder Gewürznelken,
wie angebratenes Steak oder zerbissene
Lippen oder frischer Schnee.

iv

Nicht nur zum Essen
mache ich Jagd auf sie,
auch wegen des Jagens und weil
sie nach Tod riechen und der wächsernen
Haut von Neugeborenen,
Fleisch wird zu Erde zu Fleisch.

Hier habe ich dir
eine Handvoll Schatten mitgebracht:
so viel Verwesung, so viel Hoffnung, ein Mund-
voll Erde, so viel Poesie.

Draußen

Das ist alles, was du brauchst,
nicht viel: ein Plastikbeutel
mit Reißverschluß, ein Stück Seife,
ein Befehl, Blut im Abfluß,
das Einverständnis des Körpers.

Du schraubst dich dort hinaus,
isoliert & allein,
und endlich unterwegs,
die Ringe des Saturn funkelnd
wie Schmerz, dein dunkles Gefährt
stößt zwischen Sternen hindurch.
Wie viele Jahre bist du
jetzt schon fort?

Heißes Metall schießt über deine Augen,
rasiert das Fleisch, weicht zurück –
auch das ist das Universum,
diese verbrannte Aussicht.

Tiefgefroren in Decken gehüllt, von Schläuchen gefüttert,
deine verletzten Zellen glühen & ticken.
Eines Tages wirst du aufwachen,
nackt und genesen, wieder auf Erden, und wirst
uns andere verändert vorfinden, älter.

Inzwischen summt dein Körper
dich in den Schlaf, du kreuzt
durch Sternennebel, ein Glas Eiswasser
auf dem Nachttisch,
der schimmernde Krug, deine weiß verhüllten Füße,
flammend im reflektierten Licht
vor dem harten schwarzen Schatten
hinter der Tür.

Pscht, sagen die Hände
der Schwester, wenn sie die Jalousie
herunterzieht. Pscht,
sagt dein driftendes Blut,
kühler Sternenstaub.

Blauhäher

Während du daliegst, festgepflockt
auf dem weißen Rechteck, dich kaum
aufraffst zu atmen, mit einem durchsichtigen
Schlauch ans Leben geschlossen,

kommen & gehen die Häher, picken noch
die Samen, die du dagelassen hast,
und verstreuen sie auf dem Rasen
zwischen Birnen & fauligen Äpfeln.

Wer hat dir das Loch gerissen?
Die Vögel fliegen durch weiße Luft,
ihre Schreie zerschneiden die vereisten
Räume zwischen Baum & Baum,
stechend blau, Engel

oder Nadeln. Das warst doch du:
eine Stimme, die sagte,
man muß sich durchkämpfen,

ein Engel, der von dir wollte,
daß du dich aufraffst; daß du atmest.

Mit blanken Augen und Rasier-
messerschnäbeln, ohne
Rücksicht, verschlingen die Vögel
alles, was sie ernährt
in ihrem blitzschnellen Leben:

deine Sonnenblumen.

Im nächsten Sommer
gehn hier vergessene Blüten auf.

Am Stausee

Das hier war ein Staudamm.
Jetzt fließt alles, was reingeworfen wird,
drüberweg, ununterbrochen
und schimmernd wie Haar.

Die Kinder klettern auf dem Rand herum.
Für sie ist der Stausee etwas zum Fischen
und zum Hineinspucken.
Sie ziehen Angelhaken durchs Wasser,
warten zappelnd auf ein zum Tode verurteiltes Maul.

Wir gehen flußabwärts
und wieder zurück. Tannenzapfen, und die ersten grünen
Fühler schrauben sich durch die Stoppeln
am Wegrand, feuchte Brotkrusten
und schmieriger Unrat,
in dem die frisch geschlüpften Fliegen schwelgen.

Der Fluß ist braun,
und du würdest nicht daraus trinken,
es sei denn, du glaubtest, du stirbst.

Wäre dies ein Gedicht, würde ich dem Fluß vertrauen,
mich hinknien und die Hände schließen
um sein flüssiges Eis, sein Ozon-
blau. Wäre dies ein Gedicht, würdest du ewig leben.

So wie die Dinge sind, kann ich dir nur
dieses trostlose Wetter bieten:
meine eiskalten Hände, die Bruchstücke
eines Mittags im Vorfrühling,
einen Ostwind, der uns beide
umschließt, und den schmutzigen Fluß,
ein Gebet, eine Kloake, ein Gebet.

Blaue Zwerge

Baumbestattung, erzählst du, das wär
die Sache. Nicht oben im Baum; darunter.
Würzelchen & Insekten, sagst du, während wir
über die Autobahn gondeln, Nachrichten hören
und der Wind sich mit Heuschnupfen auflädt.
Letztesmal war es Feuer.

Gar nicht so einfach: was
fängst du an mit dir, wenn du tot bist?
Und im übrigen: was davor?

Die schorfigen Wildpflaumen fallen vom Baum,
auf den ich klettere – Zweige & Blätter
lösen sich unter meinen Schuhsohlen –
und verschwinden im knochenhellen
Gras & den zartlila Astern
oder bleiben auf Felsen liegen, im Revier

der Murmeltiere, geplatzt & runzlig.
Saft sickert aus, süße Steine & gelbes
Fruchtfleisch; aber
sie leuchten noch, kühl und blau
wie die Kerne der alten Sterne,
die weit draußen verschrumpeln, im vielfachen
Nichts. Nadelspitze Münder
graben sich in sie ein. Ich sammle die guten,
die sich auch nicht lange halten.

Das wär genau der richtige Baum
für dich. Hier
ist er, dein Korb: sechs Liter
blaues Licht, klebrig,
verblassend, aber durchaus noch
genießbar. Die Zeit verschmiert uns
die Hände, klar; wir lecken sie ab – Fallobst.

Hochsommer

Hochsommer,
unsere Zeit hier geht zu Ende.

Warum bauen wir Zäune?
Da ist nichts, das wir fernhalten könnten.

Wilder Senf, Schwärmerraupen, Eulenfalterraupen
drängen sich an die Ränder dieses Geländes.

Acht Jahre dauerte das Roden.
Die Felder, saftig grün und trostlos

wie Versprechungen, tun immer noch so,
als ob sie jemand gehörten. Nichts

wird besessen, nicht einmal die Gräber
auf der anderen Straßenseite mit den

so eckig eingravierten Namen.
Leb wohl, wir danken

den Apfelbäumen, den toten
und den lebendigen, mit unseren Worten.

Sie sagen nichts dergleichen.

Letzter Tag

Dies ist der letzte Tag der letzten Woche.
Es ist Juni, die Abende berühren
unsre Haut wie Plüsch, Wolfsmilchblüten versüßen
die stickige Luft, die von Nachtfaltern wimmelt,
pudrige Flügel und Zungen aus Samt.
In der Dämmerung Nachtschwalben und die flötenden
Stimmen vom Teich, seine Ränder
versponnen mit Laich. Alles
neigt sich dem breiigen Mond entgegen.

Am Morgen legen die Hühner
ein Ei nach dem andern, rauhschalig
und vollkommen; der Boden im Hühnerhaus
starrt von altem Dreck und Winterstroh,
zittert von Fliegen, grün und silbern.

Wer will da weg, wer will das
beenden, Wasser, das sich gegen Wasser
bewegt, Haut
gegen Haut? Wir waten
durch feuchtes Sonnen-
licht dem Nichts entgegen, das oval ist

und randvoll. Dieses Ei
in meiner Hand ist unser letztes Mahl,
du schlägst es auf, und der Himmel
wird wieder orangerot, und die Sonne geht
wieder auf, und dies ist wieder der letzte Tag.

Die Autorin:

Margaret Atwood, 1939 in Ottawa geboren, »eine bedeutende Autorin mit einem tiefen Verständnis für die menschliche Natur« (Marilyn French), veröffentlicht seit vielen Jahren Romane, Gedichte, Essays, Kritiken und wurde mit mehreren Literaturpreisen ausgezeichnet. In deutscher Übersetzung liegen die Romane »Der lange Traum« (1979), »Die Unmöglichkeit der Nähe« (1980) und »Verletzungen« (1982) vor. Weitere Übersetzungen sind in Vorbereitung. »Wahre Geschichten« ist der erste Gedichtband, der von ihr auf deutsch erscheint.

Die Übersetzerinnen:

Astrid Arz, 1958 in Siebenbürgen geboren, schreibt Gedichte und Prosa und übersetzt literarische Texte; unter anderem Cecilie Löveids Roman »Sog«, der 1984 bei claassen erscheinen wird. Sie gibt die Literaturzeitschrift *federlese* mit heraus und veröffentlichte zusammen mit Barbara Maria Kloos das Buch »Mund auf, Augen zu«.

Sarah Haffner, 1940 in Cambridge geboren und in London aufgewachsen, lebt seit 1954 in Berlin und ist Malerin und Schriftstellerin. Sie gab das Buch »Gewalt in der Ehe und was Frauen dagegen tun« (Berlin 1978) heraus und veröffentlichte das Buch »Graue Tage, grüne Tage«, Gedichte, Siebdrucke (Berlin 1982).

Katrine von Hutten, 1944 in Lohr am Main geboren, lebt als freie Autorin und Übersetzerin in München. Sie veröffentlicht seit den sechziger Jahren Gedichte und Prosastücke, erhielt 1969 den Leonce- und Lena-Preis und 1971 den Dehmel-Förderpreis. Zuletzt erschien von ihr ein autobiographisches Buch über ihre Kindheit: »Im Luftschloß meines Vaters.«

Barbara Maria Kloos, 1958 in Darmstadt geboren, lebt in München. Sie veröffentlicht Gedichte, Satiren und Essays in Anthologien, Zeitschriften und im Rundfunk, bekam 1983 den Förderpreis zum Leonce- und Lena-Preis und ist wie Astrid Arz Mitherausgeberin der *federlese* und Coautorin von »Mund auf, Augen zu«, einem Buch über »Essen zwischen Lust und Sucht« (Reinbek 1983).

Gesine Strempel, 1940 in Berlin geboren, arbeitet als Moderatorin, Reporterin und Übersetzerin. Sie übersetzte Sachbücher und erzählerische Werke, darunter die Romane von Marilyn French.

Inhalt

Notizen zu einem Gedicht, das nie geschrieben werden kann